Malthus

DIOGO
MAINARDI

Malthus

EDITORA RECORD
RIO DE JANEIRO • SÃO PAULO

2006

CIP-Brasil. Catalogação-na-fonte
Sindicato Nacional dos Editores de Livros, RJ.

Mainardi, Diogo, 1962-
M191m Malthus / Diogo Mainardi. – Rio de Janeiro: Record, 2006.

ISBN 85-01-07451-9

1. Conto brasileiro. I. Título.

06-0503 CDD 869.98
CDU 821.134.3(81)-3

2ª edição (1ª edição Record)

Capa: Victor Burton
Foto do autor: Oscar Cabral

Impresso no Brasil

ISBN 85-01-07451-9

PEDIDOS PELO REEMBOLSO POSTAL
Caixa Postal 23.052
Rio de Janeiro, RJ – 20922-970

SUMÁRIO

Prefácio

MAINARDI E OS MÚLTIPLOS DE MALTHUS

Foi sob os domos dourados do Salão de Leitura do Museu Britânico que conheci Diogo Mainardi em fins do inverno europeu de 81-82. Realizava eu então pesquisa sobre a revista *Tatler* para o Serviço Brasileiro da BBC e o trabalho levava-me pelo menos duas outras vezes por semana àquele bebedouro de cultura. Mais de uma vez notei a presença do rapaz moreno, olhar penetrante e porte atlético. Talvez, distraidamente, eu tivesse me demorado mais do que recomendam os bons modos e a práxis heterossexual. Lembro-me como se fosse hoje de Mainardi, com seu jeitão sereno de sempre, a que mais tarde me acostumaria, levantarse e, em voz baixa, conforme os ditames do secular estabelecimento, perguntar-me quase ao ouvido:

— Algum problema, companheiro?

Embora ano de Copa, eu não portava a tradicional camiseta canarinho e, algo tolamente, confuso por ter minha nacionalidade tão prontamente reconhecida, não fiz mais do que responder com outra interrogação:

— É brasileiro?

Diogo limitou-se a apontar para os quatro exemplares do *Pasquim* e o *Almanaque Abril 82* ao lado de minha mesa de leitura. Desfeito o mal-entendido, trocamos os cartões-postais que nós, os brasileiros, sempre trocamos no estrangeiro: cidade de origem, trabalho, interesses, fotos dos familiares, *como é ruim nosso cinema e nosso teatro, hem?*

Data de então nosso conhecimento. Diogo, à época, cursava a London School of Economics, coincidentemente quase em frente a Bush House, sede do Serviço Mundial da BBC, que eu freqüentava e freqüento com assiduidade. Sua paixão pela economia não encontrava eco em mim, que sempre fui uma negação para as ciências exatas ou absurdamente aproximadas, mas tínhamos, em comum, algumas afinidades: cinema, comida chinesa, música barroca, mulher de perna grossa e o ridículo de quase todo mundo. Lembro-me de longos almoços no Joy King Lau, em Leicester Place, quase esquina de Lisle (recomendo ao distinto leitor o Char Siu Cheung Fun e o Singapore Noodles), quando Diogo, o olhar iluminado, as mãos traçando equações com os *chopsticks*, tentava — em vão! — explicar-me as teorias de sua paixão de então: Malthus.

Cabe, neste ponto, abrir o parêntese como quem abre velas para zarpar no engenhoso cruzeiro, e não cruzado novo, de Diogo Mainardi.

•

Thomas Robert Malthus. 1766-1834. Economista inglês. Viajou profusamente pela Europa (como o fez Mainardi) acumulando (mais uma vez como Mainardi) preciosos dados sobre os diferentes processos da economia política. Em seu livro *Um ensaio sobre o princípio da população e seu efeito na formação das sociedades* (1798), Malthus sustentava que a população (o termo *demografia* ainda não vigorava) aumenta mais rapidamente do que o suprimento de alimentos e se limita apenas pela guerra, pobreza e vício. Os salários deveriam, conseqüentemente, baixar a um nível de subsistência mínima a fim de conter a prodigalidade reprodutória do proletariado. A tese de Malthus baseava-se no axioma de que a população aumenta numa progressão geométrica, ao passo que os meios de subsistência aumentam apenas em progressão aritmética. Malthus argumentava, pois, que o crescimento demográfico urgia uma contenção, caso contrário a fome e a pestilência destruiriam o equilíbrio natural da espécie humana. Numa revisão de seu tratado, datada de 1803, desta feita publicado com o título de *Os princípios da população, uma visão de seus efeitos passados e atuais sobre a felicidade humana*, Malthus dizia ter encontrado um abrandamento nas pressões sobre a explosão demográfica, devido em parte, no seu entender, aos efeitos do moralismo nas classes operárias, agindo, por assim dizer, como uma espécie de controle de natalidade. Segundo Malthus, as benesses da abstinência sexual deveriam ser introduzidas e incentivadas. Malthus levantou controvérsia e influenciou sobremaneira o pensamento econômico-político do século XIX. Hoje em dia, o pesadelo malthusiano nos parece menos remoto do que já foi.

É neste pesadelo que fixaram residência, ou se puseram a vagar, os personagens mainardianos (a referência a Keynes é mais que um simples jogo de palavras). Esteja atento o leitor: nada é exatamente o que parece ser; tudo é precisamente o que indica parecer. Há muita gente e uma barulheira infernal nas entrelinhas do texto matreiramente sereno de Mainardi. E, lembremos, as entrelinhas também se multiplicam: em *sobre-* e *sub-*linhas. É necessário atenção.

Num país maximalista, tudo que não for excessivo é minimalista. Diogo Manardi é, pois, um minimalista. Num país modernalista, tudo que não for *Memorial da América Latina na Barra Funda* é pós-moderno. Diogo Mainardi é, pois, um pós-moderno. Num país onde se constrói na Amazônia, tudo que não for árvore derrubada é des-construcionismo. Diogo Mainardi é, pois, um des-construcionista. Nascido em 1962, Diogo Mainardi é revolucionário, pelo calendário antigo, e conservador, pelo novo calendário verde, aquele distribuído pelo sabonete *Eucalol.* Os paradoxos se multiplicam, as contradições geram perplexidades, apotegma não é camisinha. Quanta gente! Que algazarra! Uma definição, *s'il vous plaît!* Não a encontrará o leitor na noveleta contida neste volume, um livro sob pressão, como é evidente.

Pressão. E sendo pressão haverá Humor? Não pode haver outra coisa. Não é a piscadela do olho, a voz fanha e o súbito deixar cair das calças. Absolutamente. Se for necessária a busca do referencial (este *snark* que fugiu até mesmo a Lewis Carroll), teremos, inevitavelmente, que citar Raymond Roussel, quando em seu mais fantástico; Donald Barthelme, de urbana ironia e linguagem autônoma. Flann O'Brien, desorientador de prosas; Italo Calvino, o da divina comédia cósmica; Robert Coover, espancador espancado e espantado. Qualquer referência a John Barth é dispensável, conforme Kinbote observou de Shade em relação a Proust.

Pressão. Ou parcimônia? Ambos. Não se iluda o leitor com a — não é assim? — "postura" de Mainardi. Ele está apenas sentado esperando a *saída do pastor*.

Pressão. Antes diminuição. Teoria das diminuições, corolário quase inevitável da leitura diminuciosa de Malthus. Diante das multiplicações (vide o sucedido com Loyola y Loyola), diante do mar e seus peixes (Ovas Negrão, sra. Robalinho), diante do cotidiano da fome — *fiero pasto* —, que fazer além de irromper em estigmas hagiológicos? Sátira, fantasia e farsa. Quietismo e quietude, quietice. Antropo- e ontofagia. Não bastasse, há uma viagem, como se Ulisses. E a nome-ação dos *boys*: compras, negócios e negociatas, mamatas, roubos, desfalques, falcatruas, agiotagem, investimento, usura, *open*. E *over* e *out*. Peço, peça, câmbio.

Ivan Lessa

Malthus
Uma Novela

1

Loyola y Loyola, presente às festividades pascais da sra. Robalinho, instalara-se na biblioteca de sua propriedade. Tinha um telefone e uma TV. Usava a sauna, a sala de halteres, nadava praticamente todas as manhãs. Como fonte de renda, negociava com Ovas Negrão a mobília da casa, nunca cerceado por moradores ou empregados dali.

A primeira dificuldade surgiu oito meses mais tarde; Ovas Negrão foi impedido de remover os móveis que Loyola y Loyola depositara na biblioteca; caiu do terceiro andar, sobre o canteiro de flores.

— Magistrados destroncando os meus membros.

São Fortunato.

— Magistrados me jogando lá de cima.

São Venâncio. Santa Eufrásia. Santa Ágata Hildegardes.

Loyola y Loyola estava a poucos metros do local da queda, de bruços no trampolim. Saiu da piscina, vestiu um roupão de banho, ajudou Ovas Negrão a se levantar.

Logo depois, na sala de visitas, encontraram a enfermeira da sra. Robalinho recepcionando alguns de seus parentes. Eles haviam acabado de desmontar o motor de um automóvel e poliam-no peça por peça. Nos dias em que não podiam dispor de automóveis, invadiam residências para lavar a louça que porventura estivesse nas cozinhas.

Loyola y Loyola:

— Onde está a sra. Robalinho?

A enfermeira:

— Ela não está no sótão?

— Já procuraram na copa? — perguntaram os parentes da enfermeira.

— Procuraram no closet?

— No jardim-de-inverno?

Loyola y Loyola relatou o que ocorrera com Ovas Negrão.

A enfermeira:

— Ovas Negrão?

— Ovas Negrão. Ele. Um comerciante local. Compra os móveis aqui de casa.

Ela refletiu sobre essa informação. Fechou os olhos e visualizou a planta da casa:

— Posso vender aquelas poltronas de couro da sala de estar.

— Não as poltronas — disse Loyola y Loyola. — Ele já comprou. Já revendeu.

— Ele que comprou as tapeçarias?

— Ele. Ontem.

— Que levou todas as portas da casa?

— Terça passada.

— Inclusive o ar-condicionado, que não está mais no meu quarto?

— Seu ar-condicionado, sua enceradeira, sua penteadeira. A máquina de costura, a máquina de calcular.

A enfermeira mencionou diversos objetos que haviam desaparecido recentemente: Loyola y Loyola confirmou a venda dos mesmos.

— Pois saiba que essa atividade me parece inteiramente irregular — ela disse.

— Nada irregular — garantiu Loyola y Loyola. — Ele compra os móveis de mim.

— Quem é você?
— Onde está a sra. Robalinho?
— Ela não está no closet?
— Já procuraram na copa?
— Sótão?
— Procuraram no jardim-de-inverno?

Loyola y Loyola, Ovas Negrão, a enfermeira e seus parentes partiram em busca da sra. Robalinho. Primeiramente no jardim-de-inverno; em seguida, contornando o estacionamento e os viveiros, no refeitório dos empregados.

Era de alvenaria, espaçoso e escuro, duas extensas mesas de madeira dispostas longitudinalmente, uma de cada lado do corredor central. Na parede dos fundos, a sra. Robalinho dividia um nicho de alabastro com uma imagem pagã enquanto conferenciava com seu secretário particular, um boi mestiço que declamava Carducci e desmaiava quando via o Jung, prodigioso como o asno de Balaão. Diante dela, formando uma fila compacta e disciplinada, inúmeros desafortunados recorriam à sua notória benevolência: oficiais do exército queriam narrar suas aventuras no campo de treinamento, oligarcas da indústria do calçado queriam realizar vôos migratórios, o emérito dr. Egas Moniz estava à procura de pacientes e pacientes estavam à procura do emérito dr. Egas Moniz, uma talentosa estudante de música queria ignorar todas as convenções de higiene, um irreparável defeito no sistema hidráulico queria comunicar que danificara os alicerces da casa e que esta ruiria a qualquer momento, um grupo de guardas-florestais não queria nada, estava apenas se distraindo.

Loyola y Loyola abriu caminho entre oficiais do exército e oligarcas da indústria do calçado e aproximou-se da sra. Robalinho, infringindo o direito de precedência. Ela disse:

— Quer migrar para a Patagônia?

— Não.

— Não é você que quer migrar para a Patagônia?

— Não.

— Então é melhor voltar mais tarde. No momento, estou atendendo apenas àqueles que querem migrar para os lagos gelados da Patagônia.

Apesar de tantos meses de convivência, Loyola y Loyola e a sra. Robalinho haviam se encontrado em poucas oportunidades: no começo do ano, durante um jantar ao ar livre à beira da piscina; outra vez, no jardim-de-inverno, num dos breves intervalos entre empreendimentos filantrópicos a que ela se permitia; a última, quando foram obrigados a se refugiar no hall, por causa de um princípio de incêndio no salão de jogos. Em todas essas ocasiões, a sra. Robalinho havia manifestado a incondicional afeição que sentia por ele.

— Seus magistrados acabaram de ocupar a biblioteca — disse Loyola y Loyola.

— Fico contente — ela disse. — Na minha opinião, a biblioteca é um dos aposentos mais agradáveis desta casa. Os magistrados podem permanecer ali o tempo que desejarem.

— A senhora precisa tirá-los de lá.

— Não tenho a menor intenção de fazer isso.

— Eu moro na biblioteca.

— Fico contente em saber. Espero que você não encontre as mesmas dificuldades de relacionamento com os magistrados que eu encontrei. Espero que eles não ajam com você do mesmo modo que agiram comigo. Eu gosto de você. Não gosto muito dos magistrados. Você realmente não quer migrar para os lagos gelados da Patagônia?

— Ei, nós queremos — disseram os oficiais do exército.

— Ei, nós queremos — disseram os oligarcas da indústria do calçado.

— Sinto muito — ela disse. — É melhor voltarem mais tarde. No momento, estou atendendo apenas a ele. Eu gosto dele. Gosto demasiadamente dele, muito mais do que dos senhores, embora, é preciso que se diga, não encontre nenhuma explicação razoável para essa preferência.

A sra. Robalinho tirou seus brincos de prata e doou-os a Loyola y Loyola, que disse:

— Seus magistrados não parecem dispostos a sair da biblioteca.

— Eu sei que não parecem. Eu sei como eles são. Três meses na garagem. Três meses no meu closet. As situações mais indesejáveis.

— Eles agrediram Ovas Negrão.

— Eu sei que eles agrediram. Eu mesma fui agredida. Em diversas circunstâncias. As situações mais indesejáveis.

— A senhora precisa tirá-los de lá.

— Não tenho a menor intenção de fazer isso.

— Ovas Negrão precisa pegar os móveis que estão lá dentro.

— Não posso fazer nada.

— Os magistrados sempre obedecem a senhora.

— Eles raramente me obedecem.

— A responsabilidade de tê-los admitido nesta casa é sua. Não minha. Não do Ovas Negrão. A senhora precisa vir comigo.

Loyola y Loyola, Ovas Negrão, a enfermeira e seus parentes, a sra. Robalinho e todos os outros dirigiram-se à biblioteca. No caminho, encontraram cozinheiras, faxineiras e copeiras, que se dispuseram a acompanhá-los.

Os magistrados estavam deitados em redes, contemplando o céu através da abóbada de vidro. Loyola y Loyola disse para eles saírem de lá...

— Não.

— Não.

— Não.

...a biblioteca lhe pertencia, os móveis eram propriedade de Ovas Negrão...

— Não.

— Não.

— Não.

...disse para os magistrados retornarem ao closet da sra. Robalinho...

— Não.

— Não.

— Não nos próximos três meses.

— A nossa intenção é bloquear com móveis a porta de entrada da biblioteca e permanecer aqui até o término desse período.

— Mas pode morar aqui conosco, se quiser.

— Adquirimos excepcional quantidade de mantimentos.

— O suficiente para pelo menos mais trinta pessoas.

No chão, entre os móveis que Ovas Negrão viera recolher, aves defumadas, leitões em conserva, legumes em salmoura, latas de palmito, doces em compota.

— Não quero morar aqui com vocês — disse Loyola y Loyola. — Saiam da biblioteca e devolvam os meus móveis.

— Não.

— Diga para eles saírem daqui.

— Saiam imediatamente daqui — disse a sra. Robalinho.

— Não.

— Não.

— Não nos próximos três meses.

— Não.

— Não.

A sra. Robalinho abriu uma lata de atum:

— Eu disse que eles raramente me obedeciam.

— A senhora está enganada — eles disseram.

— Obedecemos.

— Sempre.

— É justamente por esse motivo que estamos aqui.

— Porque obedecemos.

— Foi a senhora que nos mandou para cá.

Ela abriu uma lata de figos em calda:

— Não me lembro de tê-los mandado para cá. Realmente não me lembro.

— Se a senhora não se lembra, não somos nós que vamos nos lembrar.

— Na realidade, lembramo-nos de pouquíssimas coisas.

— A nossa capacidade mnemônica é muitíssimo limitada.

— Os únicos fatos dos quais nos lembramos vividamente são aqueles que cercam a vida e a obra de Plutarco.

— Grande influência em nossas vidas.

— As leis de Licurgo.

— O calendário de Numa Pompílio.

— As reformas de Cleômenes.

— O batalhão sagrado de Pelópidas.

— Os incêndios de Crasso.

— O desaparecimento de Rômulo.

— A cabeça desproporcional de Péricles.

— O triunfo de Pompeu.

— A traição de Temístocles.

— O rabo do cachorro de Alcibíades.

— Os exercícios de oratória de Demóstenes.

— É justamente por causa desses exercícios de oratória que estamos aqui.

— De acordo com Plutarco, Demóstenes se isolava de três a quatro meses em seu refúgio subterrâneo e raspava metade da cabeça para se envergonhar de sair dali.

— É justamente isso que pretendemos fazer.

— Permanecer de três a quatro meses em isolamento absoluto.

— De qualquer modo, se o problema é esse, o antigo morador da biblioteca pode permanecer aqui conosco. Temos espaço para pelo menos mais trinta pessoas.

— Não quero permanecer aqui com vocês — disse Loyola y Loyola.

— Ei, nós queremos — disseram os oficiais do exército.

— Ei, nós queremos — disseram os oligarcas da indústria do calçado.

Os magistrados bloquearam com móveis a porta de entrada da biblioteca e perfuraram na parede uma estreita passagem para o banheiro adjacente. Conforme haviam antecipado, rasparam metade de suas cabeças. Loyola y Loyola decidiu se retirar, notificou os magistrados, despediu-se da sra. Robalinho, foi contido. Naquela noite, tentou se retirar mais três vezes: pela frente, levando consigo Ovas Negrão e parte dos móveis. Diante da obstinação de Loyola y Loyola, os magistrados rasparam metade de sua cabeça e metade da cabeça de todos os outros. Por precaução, na semana que se sucedeu, dormiram deitados sobre ele. Poucos dias mais tarde, Loyola y Loyola admitiu permanecer ali.

— De acordo com Plutarco, Alcibíades aprisionou um pintor em sua casa até que ele terminasse de decorá-la.

Loyola y Loyola tentou reproduzir pinturas renascentistas nas paredes da biblioteca mas os magistrados não gostaram das figuras. Reproduziu pinturas neoclássicas, os magistrados não gostaram das figuras, cobriram as paredes de branco e trancaram no armário todas as tintas e pincéis da casa. Algum dia desistiriam de mantê-lo preso. Loyola y Loyola precisava apenas encontrar maneiras de passar o tempo.

Jogava futebol dentro da biblioteca, basquete, pólo, croquet. Os jogos pertenciam a campeonatos intermináveis com diversas chaves que se entrecruzavam. Dormia à noite, após o almoço e entre cinco e seis da tarde, no sofá, com o dr. Egas Moniz e seus pacientes. Saltava obstáculos com o boi mestiço, construía pequenos objetos de madeira, ouvia os recitais da estudante de música e preparava pratos exóticos em todas as refeições. Havia montado um rádio portátil que pretendia patentear assim que saísse da clausura.

Em fevereiro, os magistrados perceberam a improdutividade dessa rotina e estabeleceram uma outra, novamente baseada em episódios da vida de gregos e romanos ilustres. A exemplo de César, seqüestrado por piratas, refém por trinta e oito dias, Loyola y Loyola deveria compor versos e discursos. Com o propósito de aperfeiçoar essas composições, os magistrados ministravam-lhe aulas de latim, oratória e estratégia militar; dieta controlada, principalmente glicídios; escassez de banhos, conforme prescrevia Licurgo. Os discursos de Loyola y Loyola normalmente eram apreciados e aplaudidos.

Em março, decidiram que ele deveria instituir uma moeda pesada e pouco valiosa, como Licurgo, para refrear roubos e luxos. Como Sólon, deveria impedir que se falasse mal dos mortos.

Nos meses seguintes, estimulados pelo pitagorismo de Numa Pompílio, proibiram Loyola y Loyola de comer feijão, pisar em mármore, aprisionar aves, carregar pesos e apagar fogo com água. Como Catão, abraçaria a esposa apenas quando trovejasse; como Teseu, combateria Procrustes, que esticava viajantes até a medida exata de seu leito.

Em julho, maus presságios. Durante uma tempestade, um pássaro se chocou contra a janela da biblioteca e rachou o vidro. O rádio portátil deixou de funcionar.

A energia foi cortada. O boi mestiço acidentalmente matou um dos magistrados com um coice. A enfermeira, após gestação de cinco meses e meio, pariu sete meninas, todas perfeitas, exceto uma, que nasceu sem os braços. Loyola y Loyola sonhou com um eclipse lunar.

Em agosto, acabou a comida.

Em setembro, conforme advertira o defeito no sistema hidráulico, a casa ruiu, provocando a morte dos vinte magistrados e o desfalecimento de Loyola y Loyola. Alguém sugeriu um deslocamento em direção à estação rodoviária.

2

— Ribeirão Pires?

— Não se sabe ao certo.

— Gentil da parte dele, de qualquer modo, convidar-nos para este passeio.

— Ribeirão Preto?

— Ribeirão Pardo?

— Sabemos apenas que os familiares dele moram nas imediações de alguma cidade do interior do estado. Uma chácara modesta com dois hectares de árvores frutíferas.

— Dele quem? Os familiares de quem? A respeito de quem estamos falando, exatamente?

— Loyola y Loyola.

— Olivares y Olivares.

— Flores y Flores.

— Pietro Pietra.

— Benvenuto Benvenuti.

— Gonçalo Gonçalves.

— Pois alguém deveria perguntar-lhe para onde estamos indo. É inquietante viajar sem saber o próprio destino.

— São José do Rio Preto?

— São José do Rio Pardo?

— Com licença, o senhor poderia nos informar para onde estamos indo?

— Não adianta. Ele não vai responder. Deve estar dormindo. O Loyola y Loyola dorme a maior parte do tempo.

— Não nos parece que ele esteja dormindo. É mais provável que esteja desacordado desde que a casa da sra. Robalinho desmoronou, ontem de manhã.

— Anteontem de manhã.

— Se ele realmente está desacordado, alguém deveria chamar um médico. Deve haver um médico neste ônibus.

— Nós não somos médicos mas temos larga experiência em primeiros socorros.

— Podemos ir tirando as suas botas.

— Podemos ir desabotoando o seu colarinho.

— Os familiares de Loyola y Loyola realmente moram no interior do estado?

— Acreditamos que sim. Ele deve ter mencionado esse fato em algum momento dos últimos seis meses. É difícil afirmar com precisão, no entanto, considerando que a nossa capacidade mnemônica é muito limitada.

— Com licença, não gostaríamos de interromper, mas os senhores têm certeza absoluta de que este veículo é um ônibus? Tínhamos a nítida impressão de haver embarcado num trem.

— A nossa impressão era ainda mais incorreta. Imaginávamos estar num teatro ou num cinema.

— Podemos lhes assegurar que se trata de um ônibus. Difícil é compreender por que ele não está se movendo.

— Talvez não haja motorista. Talvez ainda estejamos na estação rodoviária.

— Por acaso alguém aqui sabe dirigir?

— Nós não sabemos mas gostaríamos de experimentar. Somos dotados de grande coordenação motora e habilidade manual.

— Nesse caso, os senhores podem dirigir, apesar de não sabermos exatamente que direção tomar.

— Leste?

— Oeste?

— O Loyola y Loyola continua desacordado? Alguém já lhe aplicou os primeiros socorros?

— Ei! Não façam isso.

— Ei! Devolvam essas botas.

— Por que os senhores jogaram as botas do Loyola y Loyola pela janela?

— Ei! Não façam isso.

— Ei! Devolvam essa camisa.

— Os senhores não deveriam ter jogado a camisa dele pela janela.

— Alguém já pensou que o Loyola y Loyola talvez esteja morto, não simplesmente desacordado?

— Essa possibilidade acabou de nos ocorrer. Seria conveniente chegar logo à casa de seus familiares.

— Assim sendo, alguém poderia nos informar por que o ônibus continua parado?

— Os senhores estão enganados. O ônibus não está mais parado.

— Estamos nos movendo a alta velocidade e na contramão.

— Na realidade, estamos correndo sério risco de vida.

— Acabamos de raspar num poste.

— Acabamos de subir na calçada.

— Acabamos de espantar aqueles pedestres.

— Seria aconselhável alguém mandar parar o ônibus. Receamos que um trágico acidente possa ocorrer.

— Infelizmente não será possível atendê-los. Os motoristas impedem a aproximação de qualquer pessoa que queira detê-los.

— Acabamos de rodopiar numa curva.

— Acabamos de perder o pára-brisa.

— Acabamos de nos chocar contra uma banca de jornais.

— Parece-nos improvável que alguém sobreviva a esta experiência.

— O melhor modo de se combater o medo é a música.

Nas férias com a tia Laura
Comi a buceta da prima Maura

Era larga como um baú
Era preta como um urubu
Resolvi botar no cu

Ela comia tanto pinhão
Que peidava quando eu enfiava
o meu canhão

Pum pum pum pum...
Pum pum pum pum...

— Acabamos de receber uma multa.

— Acabamos de inutilizar o freio.

— Acabamos de provocar um engavetamento.

— Os senhores podem não acreditar, mas o Loyola y Loyola está se restabelecendo.

— Ele está recobrando os sentidos.

— Todo este movimento deve tê-lo despertado.

— Com licença, agora que o senhor está se restabelecendo, poderia finalmente esclarecer para onde estamos indo?

— Não.

— O senhor não poderia esclarecer para onde estamos indo?

— Não.

— Poderia ao menos dar uma indicação aproximada sobre a direção a seguir?

— Não. Mandem parar este ônibus.

— Infelizmente não será possível atendê-lo. Os motoristas reagem com violência a qualquer sugestão nesse sentido.

— Onde estão as minhas botas? Para onde estamos indo?

— Se o senhor não sabe, não somos nós que vamos saber.

— Até este exato momento, imaginávamos que o senhor estivesse nos levando para a casa de seus familiares.

— É extremamente preocupante descobrir que estávamos enganados.

— Leste?

— Oeste?

— Nem mesmo o Loyola y Loyola é capaz de dizer para onde estamos indo?

— Aparentemente não.

— Gentil da parte dele, de qualquer modo, ter-nos convidado para este passeio.

— É prematuro afirmar que se trata de gentileza.

— Os objetivos de Loyola y Loyola não são absolutamente claros.

— Não se pode confiar inteiramente nele.

— Ele vendeu a minha máquina de costura, vendeu a minha máquina de calcular.

— Ele tem um sócio que compra essas peças.

— Ovas Negrão.

— Vaz Negrão.

— Villafranca Negrão.

— Inês Negrão.

— Goethe Negrão.

— Ovas Negrão também nos acompanha nesta viagem. Está sentado naquela poltrona reclinada junto à janela, conversando com o homem alto de paletó marrom.

— Teríamos muita curiosidade em saber o que eles estão conversando.

— De acordo com a nossa avaliação, o homem alto de paletó marrom quer ver a palma das mãos de Ovas Negrão, que estão sangrando.

— Neste momento, o homem alto de paletó marrom quer ver a sola dos pés de Ovas Negrão, que também estão sangrando, assim como o seu peito e a sua testa.

São Francisco de Assis. Santa Maria Madalena. Santa Teresa D'Ávila. Santa Catarina.

— Ei! Não façam isso.

— Ei!

— Ei!

— Não façam isso!

— Por que os senhores jogaram o homem alto de paletó marrom pela janela?

— Os senhores não deveriam ter feito uma insensatez dessas.

— Acabamos de perder as lanternas dianteiras.

— Acabamos de destruir uma churrascaria.

— Acabamos de engatar a marcha a ré.

— Estamos correndo sério risco de vida.

— Os motoristas permanecem imperturbáveis diante de qualquer argumentação razoável.

— A proximidade da morte obriga-nos a fazer um retrospecto de nossas vidas.

— Nossa infância no litoral.

— O pescador mutilado por um cação.

— A explosão do botijão de gás.

— As alergias que nos afligiam.

— O Loyola y Loyola não estaria disposto a enfrentar os motoristas?

— Não estaria disposto a utilizar sua notória engenhosidade para o bem coletivo?

— Loyola y Loyola.

— Castellón y Castellón.

— Cristobal y Cristobal.

— Acabamos de perder o volante.

— Acabamos de destruir uma ponte.

— De cair num rio.

— O Loyola y Loyola sabe nadar?

3

A bordo do Deodoro da Fonseca, rebocador ancorado próximo ao local do acidente, Loyola y Loyola disparou rojões de sinalização, lançou bóias para os náufragos, dispôs os sobreviventes ao longo do convés principal, recolheu para si parte da bagagem que flutuava no rio, reanimou Ovas Negrão com golpes à altura do peito, confraternizou com os moradores do navio, aprovou todas as acomodações disponíveis, desalojou o ocupante do desconfortável camarote triangular do castelo de proa e poucos minutos mais tarde foi negociar com o comandante Bolonha a sua permanência naquele compartimento.

— Dez mil.

— Quero morar de graça.

— Dez mil.

Loyola y Loyola apontou para os parentes da enfermeira e disse que eles poderiam cuidar da manutenção dos motores.

— Cinco mil.

— Quero morar de graça.

— Cinco mil.

Apontou para os oligarcas da indústria do calçado e disse que eles poderiam abastecer o navio de combustível.

— Três mil.

— Não.

— Três mil.

Por último, apontou para a sra. Robalinho, estendida sobre a tampa de escotilha. Disse que ela poderia se desfazer de mercadorias proibidas nas inspeções da guarda-costeira.

O Deodoro da Fonseca, pertencente à Capitania dos Portos, fora importado da Inglaterra durante o Estado Novo para rebocar diques, dragas, cábreas e plataformas petrolíferas pelas principais bacias da região. Com o represamento da maioria dos rios navegáveis para a construção de usinas hidrelétricas, estava praticamente desativado e hoje em dia servia apenas aos interesses particulares do comandante Bolonha, transportando produtos clandestinos entre os povoados ribeirinhos e hospedando personalidades locais em seus quatro camarotes: sr. e sra. Poços, sr. e sra. Del Monaco, dr. D'Arcos, dr. Torneio Lins, Pneu Gauguin e seu tio, os deputados Bainha Filho e Aleluia Lopes, frei Frieira, frei Mendes, srta. Braz, srta. Camarões.

O Deodoro da Fonseca era adernado a bombordo; deformidades no casco, no bojo; a vida a bordo era condicionada por essa propensão: anteparos e desproporcionalidade nos pés dos móveis, amuradas e balaústres, passageiros de pernas abertas e arqueadas, dores nos rins, coluna, variedade de objetos ambulantes.

Cada camarote continha dois beliches. Banheiro coletivo, situado na popa, a água era fria porém abundante. As refeições eram servidas na meia-nau, preparadas pela filha do comandante Bolonha, peixes e tubérculos fritos. O comandante e sua filha habitavam na ponte de comando, em duas camas de armar cobertas por mosquiteiros. A sra. Robalinho fora instalada na praça de máquinas, juntamente com os oligarcas da indústria do calçado e os oficiais do exército. No porão, o boi, a estudante de música, a enfermeira e seus parentes, o dr. Egas Moniz e seus pacientes. Os guardas-florestais e os empregados da sra. Robalinho haviam se afogado.

Loyola y Loyola e Ovas Negrão acomodaram-se no camarote do castelo de proa.

O camarote tinha um metro de altura, espaço para apenas uma pessoa — triângulo isósceles. A entrada se efetuava através de um estreito alçapão no convés. Havia bóias, salva-vidas, a âncora-reserva, cordas e cabos, flâmulas e bandeiras. A vigia não abria e o ventilador não funcionava. Por causa do calor, mantinham o alçapão permanentemente aberto. Para repelir os insetos, untavam o corpo de óleo diesel.

Dormiam em turnos, aqueles mais longos para Ovas Negrão, que tinha algum dinheiro aplicado na Bolsa de Valores. Loyola y Loyola pretendia investi-lo em ancoradouros ou loteamentos imobiliários; investiu, algum tempo depois, num entreposto de pesca. O negócio mostrou-se pouco lucrativo. Loyola y Loyola fez uma apólice de seguro, contratou os oligarcas da indústria do calçado para incendiá-lo; eles incendiaram a prefeitura do município por engano. Loyola y Loyola reiterou suas ordens. Desta vez, seguiram corretamente as instruções e conseguiram incendiar o entreposto de pesca. A companhia de seguros investigou o acidente e negou-se a pagar a indenização. Os oligarcas da indústria do calçado incendiaram então a companhia de seguros.

Loyola y Loyola dormia durante o dia, pescava e visitava boates portuárias à noite. Tinha dois novos amigos,

Bainha Filho e Aleluia Lopes. Bebiam juntos, rum, jogavam cartas, sete-e-meio, apresentavam-se numa banda.

Loyola y Loyola encontrou Aleluia Lopes sozinho no bar. Rum.

— Pode ser que você ainda não saiba, aconteceu ontem na hora do almoço, Bainha Filho foi golpeado na cabeça com uma barra de ferro e está inconsciente no hospital.

— Não sabia — disse Loyola y Loyola.

— Trata-se de um assalto, aparentemente. Segundo informações iniciais, desapareceu valioso porta-jóias, contendo onças e onças de ouro em pó.

— Quem foi?

— No Deodoro da Fonseca, todos suspeitam de você. Pensam inclusive em denunciá-lo para a polícia.

— Não fui eu.

— Eu sei que não foi você.

— Foi outra pessoa.

— Eu sei que foi outra pessoa.

— Quem foi?

— Fui eu. Eu que golpeei o Bainha Filho na cabeça e joguei o corpo dele no rio.

— Onde está o porta-jóias?

— Escondido na minha mala, escondido na minha cabina.

— Quero metade.

— Impossível.

— Caso contrário, denuncio o crime para a polícia.

— Você não faria isso.

— Faria.

— Nunca imaginei que você pudesse fazer isso.

— Faço.

— É uma dificuldade com a qual eu não contava.

— Polícia.

— Estou extremamente arrependido de ter me confessado para você.

— Metade.

— Eu gosto de você.

— Eu também gosto de você.

— Impossível.

— Metade.

— Impossível.

— Caso contrário, denuncio o crime para a polícia.

— Pare de me ameaçar, por favor. Você vai acabar me obrigando a golpear a sua cabeça com uma barra de ferro.

— Você não faria isso.

— Faria.

— Um golpe desses poderia me matar.

— Poderia.

— Estou precisando de dinheiro.

— Há outras formas de se ganhar dinheiro.

— Quais?

— Você poderia golpear a minha cabeça com uma barra de ferro e roubar o ouro que eu roubei do Bainha Filho.

— Não.

— Por que não?

— Um golpe desses poderia matá-lo.

— Poderia.

— Não quero correr esse risco.

— Você deveria se casar.

— Com quem?

— A filha do comandante Bolonha. Ela gosta de você.

— Não particularmente.

— Ela vive sentada no seu colo.

— Ela vive sentada no colo de todo mundo.

— Ela gosta de você.

— Eu gosto de você.

— Eu também gosto de você.

— Metade.

— Impossível.

Casamento civil e religioso, festa a bordo do Deodoro da Fonseca. A noiva permaneceu o tempo todo ao lado do noivo.

— Esteban...

— Meu nome não é Esteban.

— Esteban, estou muito contente.

O Deodoro da Fonseca atracou a uma distante ilha alagadiça. As núpcias foram comemoradas com fogos de artifício, buzinas e sirenas, mangueiras contra incêndio. A srta. Camarões preparou um poderoso ponche. O dr. Egas Moniz e seus pacientes proporcionaram uma demonstração de equilíbrio no alto do mastro. O deputado Aleluia Lopes presenteou os recém-casados com um foxhound preto. Houve sorteios e números musicais, um animado quarteto de cordas. Todos os convidados dançaram, cantaram, todos participaram das competições aquáticas: natação, saltos ornamentais, pesca submarina e de corrico. A noiva grelhou os peixes e as conservas. Outras embarcações juntaram-se à festa. No final do dia, houve uma inspeção da guarda-costeira e a sra. Robalinho viu-se constrangida a engolir um valioso carregamento de armas.

Após o casamento, Loyola y Loyola transferiu-se para a ponte de comando, que repartia com sua esposa e seu sogro. Ela dormia fora praticamente todas as noites da semana. Pela manhã, oferecia os rendimentos de seu trabalho a Loyola y Loyola. Ele comprava presentes para si e para o comandante Bolonha: lenços de seda, especiarias européias, aparelhos eletrônicos.

O comandante Bolonha não apreciava a presença de Loyola y Loyola na ponte de comando mas não interferia na relação do casal. Ouvia o rádio o dia inteiro e fazia previsões meteorológicas. Ocasionalmente, queixava-se com Loyola y Loyola do excesso de desvelo da sra. Robalinho.

— Você deveria conversar com ela.

— A respeito de quê?

— Ela não pode continuar se desfazendo de mercadorias indiscriminadamente.

Surgiu uma boa oportunidade de comprar um loteamento. Loyola y Loyola queria um empréstimo; pediu para que a sua esposa intercedesse junto ao comandante Bolonha.

— Você vai pedir para ele?

— Vou.

— Você acha que ele vai emprestar?

— Acho.

— Você já pediu para ele?

— Ainda não.

— Então peça ainda hoje.

— Conseguiu?
— Ainda não.

— Você já pediu para ele?
— Ainda não.

— Conseguiu?
— Esteban...
— Meu nome não é Esteban.

— Falou com ele?
— Ainda não.

— Falou com ele?
— Ainda não.

Loyola y Loyola decidiu pedir o empréstimo pessoalmente. O comandante Bolonha estava na ponte de comando, manobrando o Deodoro da Fonseca entre dois rochedos. Sua esposa também estava presente, havia acabado de acordar.

— Surgiu uma boa oportunidade de comprar um loteamento.

— Não estou interessado em negócios imobiliários — disse o comandante Bolonha.

— Pode ser um excelente investimento para a sua filha.

— Ela também não está interessada nesse tipo de negócio.

— O meu pai tem razão — ela disse. — Não tenho o menor interesse em adquirir um loteamento.

— É melhor refletir por alguns dias — disse Loyola y Loyola. — Não seria sensato perder essa oportunidade.

— Refletir por alguns dias não vai alterar absolutamente nada. A minha filha já decidiu que não quer.

— Tomei essa decisão na semana passada — ela disse. — Não há a menor possibilidade de que eu mude de opinião.

— Talvez seja melhor trazer o proprietário do loteamento para conversar com vocês — disse Loyola y Loyola.

— Isso também não vai alterar nada. A realidade é que a minha filha não confia em você.

— Eu realmente não confio muito em você — ela disse.

— É impossível manter um relacionamento em que a esposa não confia no marido — disse Loyola y Loyola.

— É provável que você tenha razão, Esteban. De qualquer modo, estou relativamente contente com o casamento.

4

Duas semanas depois, Loyola y Loyola decidiu conversar com a sra. Robalinho. Ela estava lendo os jornais no convés superior do Deodoro da Fonseca, protegendo-se do sol com uma sombrinha.

— Parece-me exagero imaginar que engoli a sua esposa. Creio que joguei-a no rio.

— A senhora precisa se conter. A senhora deve ponderar antes de se desfazer de mercadorias.

— Ela me pareceu suspeita.

— Eu sei que ela parecia suspeita.

— De qualquer modo, não posso acreditar que faria uma coisa dessas. Tenho certeza de que joguei a sua esposa no rio.

— Isso não importa.

— É evidente que importa. Engolir um ser humano é sinal de descontrole muito mais grave do que eu poderia supor.

Após o inesperado desaparecimento da esposa, Loyola y Loyola precisou transferir-se da ponte de comando. Buscou abrigo no camarote da srta. Braz e da srta. Camarões.

Elas não se incomodavam com a sua presença; permitiam que ele dormisse no leito superior do beliche. Pediam para que ele tocasse no piano as suas canções prediletas e para que tentasse pintar os seus retratos. Insinuavam desejo de receber presentes e esperavam que ele lhes fornecesse numerosos produtos de uso pessoal. Furtavam os pertences dos moradores do Deodoro da Fonseca e acusavam Loyola y Loyola de tê-las induzido a praticar o crime.

A srta. Camarões encontrou trabalho temporário para Loyola y Loyola, carga e descarga no mercado de peixes. Ele podia almoçar de graça no refeitório do município e participava dos torneios esportivos organizados pelos funcionários públicos. Foi campeão de futebol de salão. Era o mais popular dos carregadores.

Quando terminou a temporada de férias, o consumo de peixes diminuiu e ele foi dispensado.

As notícias que lhe transmitiam a respeito da voracidade onívora da sra. Robalinho traziam à memória o fiero pasto do conde Ugolino, o prato de lentilhas de Esaú, a implacável gula de Erisitão, a pedra sagrada que Saturno engoliu pensando tratar-se de seu filho Júpiter. O aspecto mítico desse apetite diluía-se diante do caráter prosaico de seus propósitos.

— Ela engoliu o bote salva-vidas!

No dia seguinte:

— Ela engoliu o sonar!

Nos dias que se sucederam:

— Ela engoliu a bússola!

— Ela engoliu o radar!

— Ela engoliu as cartas de navegação!

— Ela engoliu o cesto de gávea!

— Ela engoliu a pia!

— Ela engoliu os meus ternos!

— Ela engoliu as cadeiras!

— Ela engoliu o mastro e a bandeira!

Loyola y Loyola foi pescar na ponta do cais enquanto Ovas Negrão apanhava caranguejos com um puçá que ele próprio tecera.

— Lembra daquele homem do ônibus?

— Que homem? Que ônibus?

— Daquele ônibus que caiu no rio — disse Ovas Negrão. — Daquele homem que queria ver as minhas chagas.

— O que tem?

— Ele quer que eu vá morar na casa dele.

— Ele disse isso?

— Ele perguntou a meu respeito em todas as cidades da região. Conversou inclusive com o comandante do Deodoro da Fonseca sobre o assunto. Ainda não tive oportunidade de falar diretamente com ele, no entanto.

— Você não pode ir.

— Como não?

— Você não pode ir... Grandes projetos... Loteamento à beira-mar... Hipermercado náutico... Seu dinheiro na bolsa...

— Não pretendo dar mais um tostão do meu dinheiro para você.

— Investimento seguro... Não pode perder essa ocasião...

— Sinto que recebi a graça divina.

— Não recebeu.

— Sinto que tenho uma missão a cumprir.

— Você não deve partir. Pelo menos não agora.

Ovas Negrão erguia distraído carvão incandescente com as mãos nuas sem sentir dor ou se queimar. Acreditava que podia conversar com animais e dissipar tempestades. Testemunhava a aparição de imagens sagradas. Longas vigílias, longos períodos de abstinência.

Em agosto, transportara água numa peneira sem perder uma única gota.

Em setembro, despediu-se de Loyola y Loyola, dos outros moradores do Deodoro da Fonseca, limpou o camarote e partiu.

No dia seguinte:

— A Sra. Robalinho engoliu as toalhas!

— Engoliu os guardanapos!

— Engoliu as fronhas!

— Engoliu os travesseiros!

— Tentou engolir os oficiais do exército mas não conseguiu.

— Eles nadaram rapidamente em direção à praia.

— Ela engoliu as panelas!

— Engoliu os talheres!

— Engoliu todas as lâmpadas e lanternas que estavam em seu caminho!

Em outubro, Aleluia Lopes decidiu partir e a banda que havia formado com Loyola y Loyola foi desfeita. Antes disso, porém, realizaram uma proveitosa excursão pelo litoral. Loyola y Loyola divertia-se tocando, foi entrevistado por uma rádio, encorajou-se a compor, encontrou uma boa oportunidade de comprar um automóvel usado.

De volta ao Deodoro da Fonseca, alojou-se em seu antigo camarote, desocupado por Ovas Negrão. O comandante Bolonha encontrou-o ali às três da tarde, descansando após o almoço.

— Não creio que você possa permanecer aqui por muito mais tempo — ele disse.

Loyola y Loyola previa essa contrariedade desde o momento em que enviuvara; as refeições que lhe serviam eram de qualidade inferior às dos outros hóspedes e mais de uma vez fora alertado de que o comandante Bolonha já havia começado a procurar um novo inquilino para o camarote do castelo de proa. Loyola y Loyola não queria se mudar, estava preparado para resistir.

— Não há nada que eu possa fazer para reverter a situação?

— Não.

— O senhor continua encontrando o mesmo tipo de dificuldade?

— Aqueles mecânicos que você me indicou desmontaram os meus motores e até agora não souberam montá-los de volta. O único trabalho adequado à capacidade deles é esfregar o chão do convés. Aqueles oligarcas da indústria do calçado que deveriam fornecer combustível ao Deodoro da Fonseca não se empenharam muito na tarefa e fui obrigado a desembarcá-los antes de ontem de manhã, juntamente com aquele boi, aquela enfermeira, aquele cirurgião e aqueles pacientes. A sra. Robalinho, além de ter engolido criminosamente a minha filha, sempre provoca prejuízos desnecessários em decorrência de sua desmedida operosidade.

— Eu poderia tentar falar com ela.

— Você já falou com ela inúmeras vezes.

— Posso tentar falar de novo.

— Não creio que isso altere alguma coisa. Se ela continuar causando mais danos do que benefícios, terei que me desfazer de vocês dois.

O Deodoro da Fonseca estava abicado em um banco de areia, aguardando a elevação do nível das águas. Era uma tarde abafadiça. A única nuvem que havia, estreita e diáfana, encontrava-se do lado oposto ao sol. Os sobressaltos de um cardume de lambaris efervesciam parte da superfície da lagoa, onde eram emboscados por garças.

Loyola y Loyola, após a digestão, pretendia nadar para se defender do calor e dos insetos. Para se defender da ameaça de despejo, procurou a sra. Robalinho. Ela estava na sala das máquinas, enrolada num lençol úmido, abanando-se energicamente com uma engrenagem.

— A senhora tem causado prejuízos desnecessários ao comandante do Deodoro da Fonseca.

— Eu sei disso.

— A senhora precisa se conter.

— Tenho me esforçado nesse sentido. Saiba que é extremamente angustiante não ser capaz de controlar os próprios impulsos, ainda mais quando eles representam prejuízo para outras pessoas.

— Ele ameaçou nos mandar embora daqui.

— Talvez seja mesmo a melhor solução. Existe uma força inercial a bordo deste navio que me impede de suspender uma atividade que eu tenha começado a executar. Às vezes, sinto-me compelida a repetir uma mesma palavra centenas de vezes. Se giro o corpo para apanhar um copo de água, sou levada a rodopiar até cair.

— A senhora precisa apenas aprender a distinguir as mercadorias que deve engolir daquelas que não deve.

— Gostaria muito de tentar novamente.

Ela tentou, falhou, foram desembarcados no dia seguinte.

5

Ao sair do Deodoro da Fonseca, Loyola y Loyola instalou-se em seu automóvel.

Era verão, o assento traseiro era cômodo, havia descoberto uma praia amena, resguardada pela encosta agreste de um morro escarpado que sombreava a restinga em que ele estava estacionado, plena de frutas atlânticas desenxabidas, nascentes de água barrenta mas pura, quantidade reduzida de insetos pungentes. Fervia moluscos num fogareiro a gás, aborrecia-se com a conversação dos pescadores, jantava ocasionalmente no singelo restaurante do vilarejo mais próximo.

Não foi um período de todo insatisfatório. Relacionou-se com poucas pessoas e conseguiu manter uma relativa disciplina, tentando escrever roteiros para cinema de manhã e executando exercícios físicos à tarde e à noite. Quando acabou o dinheiro, vendeu o automóvel pelo mesmo preço que comprara, invadiu uma casa de veraneio desabitada e em pouco tempo estabeleceu uma rotina semelhante à anterior.

Os proprietários da casa de veraneio vieram na semana de Natal, equipados para uma longa estada. Loyola y Loyola conseguiu manter-se incógnito por diversos dias, transferindo-se de um cômodo para outro no momento em que os proprietários da casa ingressavam no precedente. No Ano-Novo, quando ele foi descoberto, refletindo na sala de jantar, depois da ceia, recusou-se a obedecer os proprietários da casa, que solicitaram que ele se retirasse.

— Melhor chamar a polícia.

— Melhor chamar os bombeiros.

Na casa de veraneio seguinte, repleta de moradores, foi descoberto em menos tempo. Desistiu do litoral.

— Señora?

— Sim?

— Señora, seu filho voltou.

— Diga para ele vir imediatamente para cá. Diga que eu tenho uma porção de coisas para conversar com ele.

— Ele pediu para não ser perturbado, minha señora. Levou uma das geladeiras para o quarto de hóspedes e se trancou lá dentro.

— Como estava o aspecto dele?

— Perfeitamente saudável, minha señora.

— Ele deve estar em sérias dificuldades, para ter voltado para casa.

— Se a señora me permite dizer, a minha sensação é idêntica.

— Como eu gostaria que ele fosse embora.

— Creio que não seja muito difícil de conseguir. De acordo com as minhas observações, ele só volta para casa para se apropriar dos quadros e do dinheiro da señora. A minha sugestão seria colocar um cheque num envelope e enfiá-lo debaixo da porta do quarto.

— Você acha que funcionaria?

— Tenho certeza que sim. Ele se sente tão incomodado nesta casa quanto a señora se sente com a presença dele.

— Espero que funcione.

— Eu também espero.

— Enfie este cheque debaixo da porta dele.

— Señora, ele ainda não foi embora.

— Deve haver algum modo de tirá-lo daquele quarto.

— Se a señora estiver de acordo, pensei em chamar o guarda-noturno para tentar expulsá-lo à força.

— Não, prefiro encontrar uma solução mais sensata.

— Entendo perfeitamente, minha señora.

— Você não tem mais nenhuma idéia?

— O meu raciocínio ainda parte do mesmo princípio, isto é, que o filho da señora não se sente à vontade nesta casa. Se a señora lhe oferecer uma pequena moradia e uma mesada que lhe permita sobreviver modestamente, não tenho a menor dúvida em afirmar que ele irá embora daqui e nunca mais retornará.

— Essa é a única solução que me recuso a considerar. O meu filho sempre me trouxe extrema insatisfação e eu não estaria disposta a recompensá-lo agora, mesmo sabendo que isso poderia afastá-lo definitivamente daqui.

— A señora tem toda razão.

— Diga para o motorista continuar atirando ovos na janela do quarto dele.

— Está bem, minha señora.

— Diga para o encanador continuar encharcando o piso do quarto.

— De acordo, minha señora.

— Se nada disso der certo, chame o guarda-noturno.

— Com prazer, minha señora.

Loyola y Loyola alugou um quarto-e-sala mobiliado nos fundos de uma mercearia com o cheque que a sua mãe lhe dera.

A mercearia era uma sociedade entre irmãos, ambos benevolentes, ofereciam serviços remunerativos a Loyola y Loyola e aceitavam vender em consignação as conservas que ele produzia em seu apartamento: enguias e anchovas, pepinos e grãos-de-bico, pimentas e azeitonas pretas. Após sistematizar a produção de conservas, Loyola y Loyola investiu o saldo do dinheiro de sua mãe na maquinaria apropriada e lançou-se no mercado de bebidas, com refrigerantes gasosos de cores e sabores originais.

A renda dessa modesta indústria doméstica assegurava o pagamento das despesas do aluguel e alimentação. Às sextas e sábados, quando os sócios da mercearia viajavam para o interior do estado, entregavam-lhe a gerência do negócio com um salário que lhe consentia eventuais divertimentos.

No primeiro sábado de abril, a mercearia foi assaltada. Três homens armados ameaçaram Loyola y Loyola e exigiram todo o dinheiro que havia na caixa registradora. Assim que eles partiram, aproveitando-se da situação, Loyola y Loyola arrombou o cofre-forte escondido no porão e pegou para si o dinheiro que havia lá dentro. Depois chamou a polícia.

Os assaltantes retornaram algumas semanas mais tarde. Dispararam contra o empregado da mercearia que se ocupava do negócio naquele momento, esvaziaram a caixa e fugiram.

No primeiro sábado de maio, encapuzados, com armas de má qualidade, calibre 32, vieram novamente. Loyola y Loyola estava sozinho na loja, rearrumando as mercadorias nas prateleiras, privilegiando as conservas e os refrigerantes que ele próprio produzia.

Ele disse:

— Se os donos da mercearia se comprometerem a pagar uma determinada quantia por mês, vocês aceitam poupar este estabelecimento nos seus próximos assaltos?

— Cem mil.

— Cinqüenta mil — disse Loyola y Loyola.

Eles concordaram.

Na segunda-feira. Loyola y Loyola falou com os donos da mercearia:

— Os assaltantes se comprometeram a poupá-los se vocês pagarem uma determinada quantia por mês.

— Cinqüenta mil?

— Cem mil — ele disse.

O acordo vigorou por dois meses. Com o dinheiro arrecadado nesse meio-tempo, Loyola y Loyola pôde comprar uma máquina de sorvetes. No terceiro mês, os sócios da mercearia informaram-lhe que o prédio seria desapropriado para a construção de uma garagem subterrânea. Eles iriam se transferir para o interior do estado e Loyola y Loyola, infelizmente, teria que procurar outro lugar para morar.

Ele tentou comercializar os seus produtos com outras mercearias mas nenhuma se mostrou interessada.

Fechou a fábrica.

Com os lucros da cessão das máquinas de refrigerantes e sorvetes, hospedou-se por três meses num hotel de uma cadeia internacional. Nesse período, trabalhou de porteiro, relojoeiro, enfermeiro e torneiro. No dia em que se esgotou o capital, paralisou o elevador do hotel entre dois andares e residiu ali até os mecânicos conseguirem recolocá-lo em movimento.

Mudou-se para a casa de um advogado.

— Você deveria expulsá-lo daqui.

— Ele é meu parente.

— Loyola y Loyola?

— O sobrenome dele é Loyola y Loyola? Precisamos expulsá-lo imediatamente daqui.

— Por que a casa está tão escura assim?

— Tomei a iniciativa de desligar a chave de força, minha señora. O seu filho foi visto pulando o portão de entrada e eu quis dar a impressão de que a señora havia viajado e de que não havia ninguém em casa.

— Não adianta. Ele vai entrar pela janela.

— Todas as janelas estão trancadas, minha señora.

— Ele vai tentar arrombar a porta.

— Gostaria de pedir permissão para fazer um telefonema anônimo para a polícia.

— Não sei o que faria sem você.

— Sempre à sua disposição, minha señora.

Nos meses seguintes, Loyola y Loyola mudou de residência diversas vezes.

Ovas Negrão encontrou-o apresentando-se num espetáculo teatral ao ar livre e ofereceu-lhe moradia.

6

Na ala avarandada do apartamento, situava-se o amplo dormitório em que Loyola y Loyola iria permanecer o resto da vida.

Ele acordou às oito da manhã, a cabeça apoiada no braço de uma poltrona. O dono do apartamento, de pé no criado-mudo, desocupava e espanava o armário embutido.

— Pode usar o colchão — ele disse. — Pode usar o armário.

— Obrigado.

— A partir de agora, este dormitório é seu.

O dono do apartamento abriu a parte de cima do armário e revolveu o conteúdo de três caixas de papelão.

— Não há espaço para estes castiçais no saguão de entrada. Se eu deixá-los aqui, o senhor irá vendê-los?

— Não.

— Disseram que o senhor costuma vender os objetos das casas em que reside. Eu pediria para não vender estes castiçais.

— Entendo.

— A partir de agora, esta casa é sua.

— Obrigado.

— O café está sendo servido na copa.

As apresentações foram feitas por Ovas Negrão, à cabeceira da mesa oval: o dono do apartamento, sua irmã, dois sobrinhos, três noviços. O dono do apartamento era a mesma pessoa que Ovas Negrão encontrara no ônibus — que percebera as chagas de Cristo reproduzidas em seu corpo.

Como não havia assento à mesa para Loyola y Loyola, Ovas Negrão cedeu o seu e sentou no chão. Naquele instante, o piso começou a vibrar e fender. No lugar em que sentara Ovas Negrão, ergueu-se um prodigioso pilar ornamentado que pouco a pouco elevou-o acima dos demais. Ele foi envolto por um intenso fulgor celestial. O dono do apartamento ajoelhou-se e fez o sinal-da-cruz:

— Santo Hilário!

O dono do apartamento servia a Deus desde que identificara estigmas no corpo de Ovas Negrão; sucessivos milagres do santo haviam exacerbado a sua devoção.

Da mesma forma que Gregório I, convertera a sua moradia em convento beneditino; castitas, obedientia, paupertas; irmãos e irmãs observavam o horário das orações, os períodos de silêncio, os doze preceitos para se alcançar o paraíso. Não comiam carne. Não usavam trajes monásticos. Hóspedes eram recebidos com honra. Praticavam o amor fraterno, a exclusão das manifestações de individualidade, a renegação de si próprio na presença de Deus.

O dono do apartamento exercia as funções de abade: concedia a indulgência plenária, conferia o sacramento da crisma, orientava a primeira tonsura. Registrava os milagres de Ovas Negrão em fichários com capa de chagrém. A água que brotou no deserto. A estátua diabólica que ruiu. A visão restaurada. Ovas Negrão dormia no quarto principal, os outros seis eram ocupados pelo abade e os monges. O quarto reservado a Loyola y Loyola era uma espécie de sacristia, onde se guardavam os objetos litúrgicos.

No final de abril, o pai de Ovas Negrão foi acusado de assassinar o próprio irmão. Os depoimentos preliminares o incriminavam de modo definitivo. Ovas

Negrão compareceu ao foro seguido de seus discípulos, ajoelhou-se de mãos postas e orou durante todo o julgamento. No instante em que o veredicto seria proferido, levantou-se e ordenou a presença do morto no tribunal. A imagem sagrada surgiu entre as testemunhas, resplandecente, rodeada de anjos. Declarou a inocência do réu, abraçou-o e apontou o verdadeiro culpado, que foi preso imediatamente. Os membros do júri jogaram-se aos pés de Ovas Negrão.

— Santo Antônio de Pádua!

O juiz certificou-se de que se tratava de fato da vítima, ouviu a sua versão do crime e mandou libertar o acusado. Alma e anjos retornaram ao céu.

Loyola y Loyola foi nomeado sacristão. De suas ocupações, a mais importante era recepcionar os peregrinos; em determinadas épocas do ano, tomavam praticamente todo o apartamento. A maioria desejava entrar para o convento. Loyola y Loyola não permitia porque não havia lugar. Ofereciam presentes, em geral animais, que Loyola y Loyola encurralava na área de serviço. O único carneiro do rebanho andava livremente pelo apartamento, era o preferido do abade.

Na hora das orações, Loyola y Loyola preferia ocupar-se de assuntos relacionados à administração do convento: contabilidade, feira, supermercado, dirigia e abastecia a caminhonete. O receio de que os religiosos reprovariam os seus hábitos seculares desapareceu em poucas semanas. Ia ao cinema, praticava esportes, podia viajar nos fins de semana que na volta encontrava o seu quarto sempre intato. Era a estabilidade que procurava desde que saíra da casa da sra. Robalinho.

O dono do apartamento gostava de discutir teologia e ética com ele. Loyola y Loyola também — as conversas eram amistosas, serenas, especulativas.

— Penso em me submeter a práticas mais austeras, ocasionalmente.

— Faça isso — dizia Loyola y Loyola.

— Com o propósito de disciplinar a alma.

— Com o propósito de mortificar a carne.

— A imitação da vida de Cristo...

— A reprodução do purgatório de são Patrício; covas de um metro de diâmetro em que os devotos antecipavam os sofrimentos a que estavam sujeitos.

— São Patrício jejuou por quarenta dias.

— São Francisco de Paula também.

— O cardeal Damião comia no mesmo prato em que lavava o pé dos pedintes.

— São Simão Stock vivia no tronco de uma árvore oca, alimentando-se apenas de ervas e raízes amargas.

— São Vicente Ferrer penitenciava-se com o flagelo diariamente.

— Ressuscitou mais de cinco mil homens.

— São Simão Estilita permaneceu trinta e dois anos no alto de um pilar com uma corrente no pescoço. Santo Antônio permaneceu isolado no deserto por cerca de vinte anos, período no qual travou seu legendário combate contra o demônio, suportando as mais terríveis tentações. São Gregório permaneceu dezessete anos preso a uma rocha.

— Ele se casou com a própria mãe.

— Não é verdade.

— São Gregório permaneceu dezessete anos preso a uma rocha porque se casou com a própria mãe.

— Não é verdade.

— Il buon peccatore.

Durante as suas viagens, Ovas Negrão era freqüentemente convidado a visitar igrejas e santuários distantes, perdidos no interior da selva, de difícil acesso. Num desses casos, uma missão jesuítica abandonada desde o século XVII, marchou ininterruptamente por diversos dias até se deparar com um córrego intransponível cuja ponte havia desabado. Diante do impedimento, lançou sobre a superfície da água a sua túnica de pêlo de camelo, montou sobre ela, solicitou que seus discípulos fizessem o mesmo e atravessou o córrego sem sofrer nenhum incidente.

— São Francisco de Paula!

Na missão jesuítica, no decorrer da noite, o arcanjo Gabriel veio buscá-lo para uma excursão através do inferno. Era dividido em quatro regiões. Na primeira delas, havia recém-nascidos e pecadores penitentes. Na segunda, hereges imersos num rio de água leitosa e incandescente. Na terceira região, os habitantes de Sodoma, cujas cabeças haviam sido cortadas pelos demônios e anexadas aleatoriamente a corpos de animais peçonhentos e bestas diabólicas. Na quarta região, a mais profunda, ilustres personagens da história que Ovas Negrão não soube reconhecer.

— Santa Francisca!

— Contemplo a auto-emasculação de Orígenes, ocasionalmente.

— Ele foi condenado pela igreja por causa disso. Foi considerado inapto para exercer atividades religiosas.

— Fico contente que você esteja me acompanhando nessas leituras.

— Eu também fico contente.

— Na realidade, não penso em cometer todos esses excessos ascéticos.

— Eu sei disso.

— Para mim, basta poder meditar e acompanhar Ovas Negrão em suas peregrinações.

— Parece-me o suficiente.

— Você sempre acreditou em milagres?

— Não.

— O que você acha dos milagres do Ovas Negrão?

— Eu não me surpreendo muito com milagres. Não creio que eles possam mudar nada de muito essencial. Não creio que nada possa mudar nada de muito essencial.

— Espero que a partir de agora você encontre menos dificuldades na sua vida.

— Eu também espero.

— Espero que você continue conosco para sempre.

— Eu também espero.

A água do mar que foi convertida em água doce e potável. O cavalo que se prostrou para reverenciar a passagem do santo. Os mártires que foram ressuscitados. A audição que foi restituída. O muro da prisão que desmoronou para libertar os fiéis inocentes. A cruz que apareceu no céu. A auréola que surgiu num momento de êxtase.

O abade relacionava os milagres de Ovas Negrão com diligência e rigor. Seus preferidos eram aqueles que subvertiam a gravidade, como na ocasião em que Ovas Negrão dirigira-se à igreja sem tocar os pés no chão, a exemplo de santa Clara. Ele conversava com Loyola y Loyola sobre a melhor forma de narrar esses milagres, principalmente os mais inverossímeis. Loyola y Loyola sempre procurava ajudar.

Em agosto, ao retornarem de uma longa e prodigiosa peregrinação, descobriu-se que o carneiro do abade havia desaparecido. Preocupado com o destino do animal, Ovas Negrão reuniu a congregação, orou por alguns instantes e traçou no ar o sinal-da-cruz. O carneiro, respondendo ao comando divino e simultaneamente identificando o seu algoz, começou a balir de dentro da barriga de Loyola y Loyola.

— Milagre! Milagre!

Loyola y Loyola pediu perdão.

7

Il Tintoretto, Scuola Grande di San Rocco, *La moltiplicazione dei pani e dei pesci*, a imagem do Nosso Senhor no ponto mais elevado da pintura, discernido por uma tênue auréola, cercado de figuras retorcidas e recurvadas despropositadamente indiferentes em relação ao milagre que irá se realizar, ignorando a dimensão e a singularidade daquilo que terão a oportunidade de assistir, contemplando a paisagem de modo irrefletido, inarticulado, primeiro plano penumbroso sobreposto por um segundo plano oblíquo plenamente iluminado, as cores resplandecentes do crepúsculo, a diligência com que Tintoretto conduzia seus estudos cromáticos na escuridão, o noviciado na oficina de Ticiano, a ameaça dos turcos, a Reforma e a Contra-reforma.

Ovas Negrão estava no alto de uma colina, observado pela multidão impassível, preparando-se para cumprir o milagre da multiplicação.

Loyola y Loyola acompanhava a cena, não muito distante dali. Foi quadruplicado por Ovas Negrão.

Os novos Loyola y Loyola abraçaram e beijaram o primeiro. Eram idênticos.

Disseram:

— Somos a mesma pessoa.

Loyola y Loyola:

— Não somos.

— Somos a mesma pessoa e pensamos exatamente da mesma maneira. Pense num número...

— Pronto.

— Nove.

— Três.

— Pense noutro número...

— Pronto.

— Sete.

— Seis.

Loyola y Loyola, seguido de seus múltiplos, foi falar com Ovas Negrão.

— Em vez de multiplicar os pães e os peixes, você acabou me quadruplicando.

— Sinto muito.

— Você precisa reverter o milagre.

Ovas Negrão ajoelhou-se e fez o sinal-da-cruz.

— Sinto muito — ele disse. — Não me parece possível.

— Tente novamente.

Ele tentou.

— Impossível.

Criou-se uma situação incômoda e embaraçosa. Os quádruplos dormiam na mesma cama que Loyola y Loyola, acordavam na mesma hora, inclusive no meio da noite, tomavam banho juntos, saíam juntos, usavam as mesmas roupas e comiam no mesmo prato. Seguiam Loyola y Loyola em todas as circunstâncias. Insistiam em coçar as suas costas, roer as suas unhas, pentear os seus cabelos. Repetiam as suas opiniões, reverenciavam a sua inteligência e se divertiam enormemente com o seu senso de humor.

Loyola y Loyola desaprovava essa promiscuidade. Tentava despistar os seus análogos nos corredores dos supermercados, nas ruas movimentadas, nos estádios de futebol. Tentava aprisioná-los no porta-malas dos automóveis, nos lavabos públicos, nos elevadores defeituosos. Os quádruplos, no entanto, jamais o abandonavam.

— Pense num número...

— Pronto.

— Oito.

— Cinco.

— Pense num animal...

— Pronto.

— Gato.

— Macaco.

Eles jamais acertavam, nem por coincidência. A princípio, suspeitaram que Loyola y Loyola alterasse a escolha no momento da adivinhação e pediram para que ele começasse a anotá-la num pedaço de papel. Apesar dessa prevenção, porém, continuavam a errar.

— Você se lembra do nosso gato?

— Eu nunca tive um gato.

— Amarelo, meio amarelado?

— Vocês estão enganados.

— Na casa de nossos pais, em São Sebastião?

— Meus pais nunca moraram em São Sebastião.

— Tivemos uma tia chamada Laura?

— Não.

— Tivemos problemas disciplinares na escola?

— Não.

— Às vezes, parece que somos pessoas inteiramente diferentes. Nossa mãe é senadora?

— Reitora de universidade.

— Nosso pai é missionário?
— Automobilista.
— Qual é a sua fruta predileta?
— Laranja.
— A nossa é abacate.
— Você sabe tocar algum instrumento musical?
— Piano.
— Você sabe francês?
— Sei.
— Nós não.
— Você sabe inglês?
— Sei.
— Nós não.

A disparidade entre os Loyola y Loyola se intensificou à medida que os quádruplos foram formando os seus próprios julgamentos. Eles desaprovavam o modo com que Loyola y Loyola geria o monastério. Durante as negociações para a compra de um apartamento contíguo, cancelaram diversos acordos e obtiveram uma considerável redução no preço final. Da mesma forma, discordavam do relacionamento de Loyola y Loyola com a irmã do abade; perturbavam-na com comentários e ruídos ofensivos.

Eles se interessavam por história e arqueologia. Resolveram construir um obelisco no centro do quarto.

— É melhor demolir esse obelisco — disse Loyola y Loyola.

— Você não gosta de obeliscos?

— Não.

— Podemos tentar construir um menor.

Loyola y Loyola resistia a maior parte do tempo, mas resistir era a imposição que mais o incomodava. Era obrigado a estabelecer compromissos antes de qualquer resolução. Decidia a temperatura do ar refrigerado mas cedia na quantidade de sal na sopa. O restante dos desconfortos, Loyola y Loyola aceitava com resignação: a impossibilidade de isolamento, a divisão de salário, a miscelânea de identidades.

Loyola y Loyola raramente refletia. Em suas reflexões, não atribuía os contratempos que sofria a uma Nêmesis retaliativa disposta a puni-lo por delitos do passado nem a uma provação de sua fé em Deus. Ele nem mesmo se considerava especialmente desafortunado. Era como todas as outras pessoas: perturbava e era perturbado. De acordo com Loyola y Loyola, todas as pessoas perturbavam e eram perturbadas. A culpa pelos infortúnios era de quem eventualmente estivesse por perto, e sempre haveria alguém por perto. Restava tentar se preservar. Era dessa forma que Loyola y Loyola refletia.

— Vocês deveriam começar a sair sem mim.

— Está bem.

— Deveriam passear pela cidade.

— Sem dúvida.

— Podem pegar a caminhonete emprestada.

— Devemos voltar lá pela hora do jantar.

Era a primeira vez desde a multiplicação que Loyola y Loyola conseguia ficar sozinho uma tarde inteira. Analisou novas aberturas do jogo de damas e removeu o obelisco do centro do quarto. Os noviços tiveram que ajudá-lo na operação porque o monumento era pesado demais. Após o serviço, Loyola y Loyola ofereceu-lhes aperitivos e serviu o jantar. Durante a sobremesa, pediu um empréstimo ao abade para uma viagem à Argentina.

Os quádruplos voltaram depois das oito da noite, disfarçados com extravagantes barbas postiças.

— Não é praticamente impossível nos reconhecer?

— Não.

— Você deveria usar um disfarce igual a este. Podemos comprar uma barba postiça para você também.

— Por que vocês se disfarçaram? O que vocês ficaram fazendo até agora?

— Campanha de desagravo. Entramos num canil e soltamos todos os cães que estavam presos.

— Por que vocês fizeram uma coisa dessas?

— Depois entramos no escritório do canil e quebramos todas as peças de vidro que conseguimos encontrar.

— Não deveriam ter feito isso.

— Era aquele canil em que você trabalhou alguns anos atrás, onde foi injustiçado e maltratado por causa de uma suspeita de furto.

— Eu nunca trabalhei num canil.

— Trabalhou.

— Nunca.

— Achávamos que sim.

— Vocês deveriam ter me perguntado.

— Devemos ter nos confundido.

— Alguém viu o que vocês fizeram?

— Várias pessoas nos viram entrar no canil e ainda mais pessoas nos viram soltar os cães. Por que você acha que estamos usando estas barbas postiças? Na nossa opinião, você deveria usar uma também.

No dia seguinte, prosseguindo a campanha de desagravo, os quatro Loyola y Loyola acordaram dispostos a se vingar de um tio próspero que teria se recusado a ajudar Loyola y Loyola num período difícil. Loyola y Loyola não tinha tios prósperos, mas conhecia um motorista de táxi que além de ter se recusado a ajudá-lo, costumava portar uma arma e atirava com precisão. Ele pensou em estimular um confronto entre eles, na expectativa de um homicídio recíproco, mas temeu as conseqüências.

Os múltiplos de Loyola y Loyola, naquela semana, depredaram uma escola, uma livraria e uma farmácia, incendiaram uma mercearia, sempre com a finalidade de punir aqueles que haviam desamparado Loyola y Loyola num passado inexistente.

Diante da ameaça de ser incriminado por delitos cometidos por seus análogos, Loyola y Loyola resolveu retroceder.

— Acho melhor vocês não saírem mais de perto de mim.

— Concordamos.

— Basta de represálias.

Loyola y Loyola foi falar com Ovas Negrão. Ovas Negrão ajoelhou-se e fez o sinal-da-cruz. Loyola y Loyola foi multiplicado por oito.

Depois por quinze.

Depois por quarenta.

8

— Alguém saberia informar se D. Sebastian de Morra, anão da corte espanhola dos Áustrias, retratado por Velázquez, é nosso antepassado?

— A única pessoa que pode esclarecer tais dúvidas a respeito de nossos ancestrais é o próprio Loyola y Loyola. As informações dele são precisas e surpreendentes.

— De qualquer modo, é pouco provável que D. Sebastian de Morra seja nosso antepassado. Nanismo é uma anomalia hereditária que não se manifesta em nenhum aspecto de nossa conformação física.

— Pelo contrário, nosso corpo é extremamente bem dimensionado.

— Somos dotados de estrutura óssea atlética e de musculatura resistente e robusta, especialmente na região torácica.

— Devemos isso à dedicação com que Loyola y Loyola sempre se aplicou aos esportes.

— Gostaríamos que ele estivesse aqui para poder agradecê-lo pessoalmente por esta constituição física saudável.

— Onde está o Loyola y Loyola? Por que não está nos acompanhando nesta expedição?

— Ele prefere permanecer em casa jogando damas e recebendo peregrinos que visitam o monastério.

— Um dos aspectos mais inquietantes da multiplicação que nos gerou é o fato de que Loyola y Loyola é um primoroso jogador de damas enquanto nós não sabemos nem mesmo movimentar as peças.

— Há uma infinidade de diferenças entre nós e o Loyola y Loyola.

— Ele é circunspecto.

— Nós somos turbulentos.

— Gregários.

— Ele é judicioso.

— Somos impetuosos.

— Coléricos.

— Ele age de modo insidioso quando percebe uma oportunidade de enriquecer.

— Nós somos virtuosos a maior parte do tempo.

— Apesar de todas as diferenças, foi possível criar uma vida em conjunto relativamente harmônica, de indivíduos complementares.

— De indivíduos que se respeitam.

— Gostaríamos de telefonar para o Loyola y Loyola e expor-lhe essas considerações.

— Ele ficará satisfeito em saber que temos refletido sobre o assunto.

— Onde estamos? Onde está o telefone público mais próximo?

— No momento, estamos no terminal de cargas do aeroporto.

— O telefone público mais próximo se encontra no saguão internacional. Podemos nos dirigir até lá, fazer a ligação para o Loyola y Loyola e retornar correndo para cá.

— Talvez essa seja a melhor coisa a fazer.

— Alô?

— Loyola y Loyola?

— Não.

— Não é o Loyola y Loyola? A sua voz se parece com a dele.

Ele desligou.

— Alô?

— Loyola y Loyola?

— Não.

— Não é verdade. Você é o Loyola y Loyola e está se recusando a conversar conosco.

— O que vocês querem?

— D. Sebastian de Morra, anão da corte espanhola dos Áustrias, retratado por Velázquez, é nosso antepassado?

— Não.

— Gostaríamos de lhe agradecer por nossa constituição física saudável.

— Onde vocês estão?

— No aeroporto. No saguão internacional. E gostaríamos de lhe dizer que temos refletido muito a respeito de nosso relacionamento.

— O que vocês estão fazendo?

— Planejamos castigar o funcionário do aeroporto que no ano passado denunciou a sua intenção de viajar clandestinamente para o exterior.

— Não há nenhum funcionário do aeroporto que tenha agido dessa forma.

— Não é verdade. Você é impassível. Você é imperturbável. Nós somos ardorosos e desatinados.

— Parem de gritar.

— Nós somos emotivos e sentimentais.

— Parem de chorar.

— Nós somos inteiramente desequilibrados.

Ele desligou.

— Seria prudente voltar logo ao terminal de cargas, antes que alguém desconfie de nossa intensa movimentação.

— Qual é o funcionário que devemos atacar? Aquele de macacão azul?

— Aquele de macacão amarelo?

— Aquele de macacão branco?

— Quem trouxe o martelo?

— Quem atingiu o funcionário de macacão branco com o martelo?

— Devemos deter imediatamente os outros dois funcionários, que dispararam em busca de ajuda.

— Devemos bloquear aquela porta. Devemos correr atrás deles. Devemos lançar as nossas redes. Devemos amarrá-los junto aos pilares.

— O que podemos fazer em relação ao funcionário de macacão branco?

— É melhor colocá-lo dentro de um container.

— É melhor despachá-lo para um continente distante.

— É melhor fugir daqui. Há uma viatura de polícia que se aproxima.

— É melhor aumentar a velocidade.

— É melhor esperar algumas horas neste bar, até que a perseguição cesse.

— Quarenta garrafas de água mineral com gás, por favor.

— Com licença, poderíamos usar o telefone?

— Alô?

— Loyola y Loyola?

— O que vocês querem?

— Joana, a Louca, rainha da Castilha, que viajava em companhia do cadáver do marido, é nossa antepassada?

— Onde vocês estão?

— Como se chama este bar? Alguém poderia nos informar o nome deste bar?

— O que vocês fizeram com o funcionário do terminal de cargas do aeroporto?

— Joana, a Louca, rainha da Castilha, é nossa antepassada?

— Não.

— Qual é o nome deste bar? O Loyola y Loyola quer saber.

— Por que vocês não voltam para casa?

— Se você teme ser incriminado por delitos que nós cometemos, não precisa se alarmar. Agimos o tempo todo disfarçados de peixe, ninguém será capaz de nos reconhecer. Pense num número...

— Não.

— Pense noutro número.

— Não.

— Pense numa cor... Pense num animal...

Ele desligou.

— Loyola y Loyola revelou-se extremamente alarmado.

— Na realidade, ao contrário do que acabamos de lhe dizer, esse alarme não é improcedente.

— Se vocês olharem atentamente para aquele espelho, perceberão que nós nos esquecemos de pôr os disfarces de peixe antes de agir.

— Vocês têm toda a razão. Ele tem um bom motivo para se alarmar.

— Nesse caso, talvez seja aconselhável retornar ao terminal de cargas do aeroporto e silenciar os dois funcionários que testemunharam o nosso ataque.

— Talvez seja essa a melhor coisa a fazer.

— Somos excessivamente descuidados.

— Somos excessivamente desorientados.

— Somos insensatos.

— Diante da ânsia de desforrar Loyola y Loyola, acabamos suscitando numerosas situações problemáticas para ele.

— Somos descuidados e desorientados.

— Alô?

— Loyola y Loyola?

— Não.

— Você sabe mais a nosso respeito do que nós mesmos. Adivinhe o número em que estamos pensando...

— Voltem para casa, por favor.

— De certa forma, você tinha razão em se preocupar. Esquecemo-nos de colocar os disfarces de peixe antes do ataque no aeroporto.

— Onde vocês estão agora?

— Você se considera superior a nós?

— Sem dúvida.

— Você não acha que somos simplesmente pessoas diferentes?

— Não.

— Você não se sente incomodado de pensar assim?

— Não.

— Você não parece apreciar a convivência conosco.

— Eu não aprecio.

— Você parece pensar que poderia viver em isolamento, sem a companhia de outras pessoas. Você parece pensar que toda permuta é nociva.

— Sem dúvida.

— Nós não pensamos assim.

— Eu sei disso.

— Podemos continuar com as nossas perguntas?

— Não.

— Você prefere desligar o telefone?

— Prefiro.

— Na sua opinião, nós seríamos capazes de viver como você?

— Não.

— Você nos considera desequilibrados?

— Considero.

— Na realidade, nós também nos consideramos. Pense num número...

Ele desligou.

— É melhor voltar para casa.

— É melhor pegar o ônibus certo.

— É melhor perguntar para o motorista antes de embarcar.

— O Loyola y Loyola é um indivíduo admirável.

— Surpreendente.

— Gostaríamos de telefonar para ele.

Este livro foi composto na tipologia Minion,
em corpo 12/16,5, e impresso em papel
off-white 90g/m², no Sistema Cameron da Divisão
Gráfica da Distribuidora Record.